CUENTO
DE LUZ

"Para Zaira, que lo tiene todo: un nombre bonito,
un corazón grande y ahora, un cuento dedicado."

*Que los niños sueñen
como los pájaros vuelan*

Zaira y los delfines

© 2011 del texto: Mar Pavón
© 2011 de las ilustraciones: Cha Coco
© 2011 Cuento de Luz SL
    Calle Claveles 10 | Urb Monteclaro | Pozuelo de Alarcón | 28223 Madrid | España
    www.cuentodeluz.com

ISBN: 978-84-15241-02-7

Impreso en PRC por Shanghai Chenxi Printing Co Ltd, en julio 2011, tirada número 1216-01

FSC
www.fsc.org
MIXTO
Papel procedente de
fuentes responsables
FSC® C007923

Zaira
y los
delfines

Mar Pavón

Ilustraciones de Cha Coco

Como cada día, Zaira fue a la fuente de la plaza para ver a los delfines. La acompañaba Fantásmico, su mejor amigo.

–Mira, hoy los delfines están juguetones: ¡empujan
pelotas con el morro! –exclamó Zaira radiante de felicidad.

Fantásmico sonreía encantado, pero los niños que había en la
plaza miraban con extrañeza.
–¿Con quién hablas? ¿Qué delfines están juguetones?
En esta fuente no hay otra cosa que agua. ¡Y el agua no juega!

Zaira y Fantásmico no parecieron escuchar. ¡Los
delfines atraían toda su atención!

Al día siguiente, después del colegio, Zaira volvió a su lugar favorito: la fuente de la plaza. Su novio Violeto iba con ella.

–¡Fíjate, Violeto! –exclamó con admiración–. ¡Hoy los delfines saltan tan alto como el chorro del surtidor!

Violeto admitió que aquella era una proeza asombrosa, pero los niños que jugaban por allí observaban extrañados.

–¿Quién es Violeto? ¿Y qué delfines saltan alto? En esta fuente no hay otra cosa que agua. ¡Y el agua no salta!

Zaira y Violeto, en lugar de hacerles caso, contemplaron a los delfines sentados al borde de la fuente, abrazaditos, como hacen los enamorados.

Otra tarde, Zaira convenció a Gemaluna, su hermana gemela, para que la acompañara a su cita con los delfines.

–¿Oyes a los delfines, Gemaluna? ¡Hoy cantan canciones!

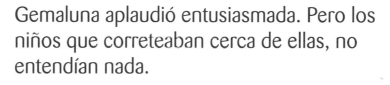

Gemaluna aplaudió entusiasmada. Pero los niños que correteaban cerca de ellas, no entendían nada.

–¿Quién es Gemaluna? ¿Y dónde ves delfines que canten canciones? En esta fuente no hay otra cosa que agua. ¡Y el agua hace ruido de agua!

Zaira y Gemaluna los ignoraron; ¡solo estaban pendientes de los delfines!

Pero un día, Zaira encontró la fuente vacía. Algunos niños, viendo su mueca de disgusto, se burlaron de ella:

–¡Oooooh, qué pena! ¡La niña de los delfines se quedó sin agua!
–¡Y sin delfines!
–¿Qué hará ahora la loquita? ¡Tal vez irá a buscar ballenas a un charco!

La mayoría de los niños que jugaban a aquellas horas en la plaza rieron con la ocurrencia. Zaira, en cambio, estaba a punto de llorar. Pero, de repente, el hada Tomayá apareció frente a ella, justo en medio de la fuente.

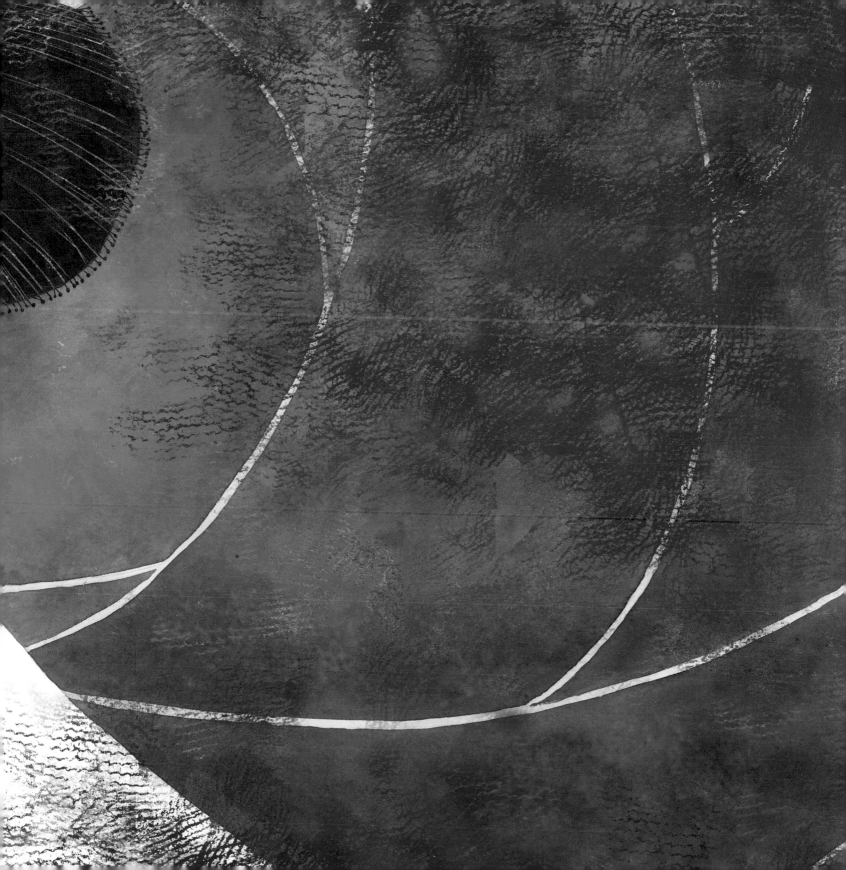

Lo primero que hizo Tomayá fue plantarse delante de los niños que se burlaban de Zaira y, con su plumero mágico, borrar las risas de sus caras.

–¡Toma ya! –exclamó acto seguido, orgullosa de su acción.

Casi al mismo tiempo, Zaira empezó a sonreír. Entonces el
hada le preguntó:

–¿Te apetecería ver ballenas en un charco?
Zaira titubeó:
–Sí… Bueno, no… No sé.

Pero sus titubeos y, sobre todo,
su sonrisa acabó en júbilo cuando
Tomayá le preguntó sin rodeos:

–¿No será que quieres volver a
ver a tus queridos delfines?

–¡Sí, por favor, es lo que más quiero!

–Muy bien. Lo único que tienes que hacer es
volver a casa, portarte bien y, eso sí, ¡estar muy
atenta a lo que sucede a tu alrededor!

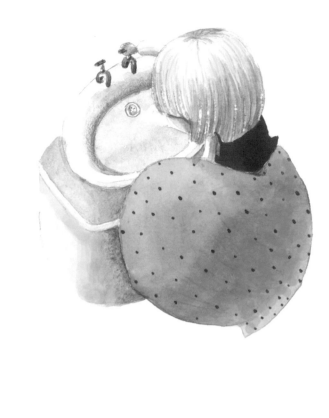

Zaira, obediente, hizo todo lo que el hada Tomayá le aconsejó: volvió a casa, se portó mejor que nunca, y, por supuesto, mantuvo los ojos muy abiertos toda la tarde.

Sin embargo, los delfines no aparecían. Zaira los buscó en la pilita del lavabo, en el inodoro, en la regadera, en el fregadero, en un vaso de agua, ¡y hasta en el cubo de fregar! Pero no halló ni rastro de ellos.

Por fin llegó la hora del baño, que Zaira odiaba desde que era un bebé. Pero, a pesar de sus protestas, mamá se empeñaba en bañarla a diario, y aquella tarde no fue la excepción.

De pronto, Zaira notó en la bañera que algo la rozaba. Eran
dos y le hacían tantas cosquillas en la barriga que, durante
un buen rato, no pudo dejar de reír a carcajadas.

–¡Caramba, Zaira, nunca antes te vi disfrutar tanto con el baño! –le dijo mamá muy sorprendida.

Finalmente, los delfines la dejaron respirar un momento. Fue entonces cuando Zaira aprovechó para exclamar:

–¡Fantásmico! ¡Violeto! ¡Gemaluna! ¡Venid a ver a los delfines! ¡Están conmigo en la bañera, y me hacen cosquillas!

–¡No sabía yo que en esta casa fuéramos tantos! –comentó mamá sonriente mientras intentaba enjabonar a Zaira. Pero esta, de nuevo, se retorcía de la risa.

Fue entonces cuando cierta hada
aprovechó para limpiar con su plumero el
vaho del espejo, reflejarse en él y,
guiñando un ojo, exclamar muy satisfecha:

–¡Toma ya!